¡EL GATO CON SOMBRERO VIENE DE NUEVO!

Dr. Seuss

Traducido por Yanitzia Canetti

LECTORUM
PUBLICATIONS, INC.

978-1-930332-43-0

Printed in Malaysia

Library of Congress Cataloging-in-Publication Data

Seuss, Dr.
    [Cat in the hat comes back. Spanish]
    El gato con sombrero viene de nuevo / Dr. Seuss ; traducido por Yanitzia Canetti.
        p. cm.
    ISBN 1-930332-43-2 (hardcover)
    I. Canetti, Yanitzia, 1967- II. Title.
    PZ73.S473 2004
                                2003011702

No era tiempo de divertirse.

No era tiempo de jugar.

No era tiempo de reírse.

Había que trabajar.

Toda esa espesa nieve,
nieve por cualquier lugar,
toda esa espesa nieve
teníamos que quitar.

Cuando nuestra madre fue
a la ciudad por un día,
ella dijo: —Alguien tiene
que quitar la nieve fría.
Y ese Alguien, ese ALGUIEN
lo hará, ¡cómo no!
Y luego escogió a dos Alguien:
Sally y yo.

Así que...
allí tuvimos que estar
trabajando el día entero.
Y quién otro iba a pasar
¡sino EL GATO CON SOMBRERO!

–¡Ay, no! –dijo Sally–.

Ese gato no es sincero.

No hables con ese gato,

ese gato con sombrero.

Hace demasiados trucos.

No le prestes atención.

Tú ya sabes lo que hizo

en la última ocasión.

—¿Trucos? —rió el gato—.
¡Oh, no, queridos, ni hablar!
Sólo quiero entrar un rato,
pues me quiero calentar.
Sigan haciendo lo suyo;
no se vayan a mover,
que yo entraré a la casa
y hallaré algo que hacer.

Luego aquel gato entró
con una pícara risa.
Así que corrí tras él,
¡y lo hice a toda prisa!

¿Saben dónde lo encontré?
¿Se imaginan dónde estaba?
Sentadito en la bañera
un pastel se devoraba.
¡Sí, allí feliz estaba!
Salía el agua caliente
y el agua fría también.
Y entonces le dije al gato:
—¡Lo que haces no está bien!

—Pero me gusta comer
el pastel en la bañera.
Tal vez debas intentarlo.
Verás qué rico, de veras.

Entonces yo me enojé.
No era hora de jugar.
Le dije: —¡Sal ahora mismo
que tengo que trabajar!
No hay tiempo para tus trucos
¿Estamos todos de acuerdo?
No puedo tenerte aquí,
¡merendando como un cerdo!
¡Vete ahora de esta casa!
¡No quiero saber de ti!
Entonces cerré la llave
y dejé el agua salir.

Y cuando el agua se fue
vi una mancha en la bañera.
¡Una mancha en la bañera!
¡Ay caramba, qué pesar!
¡Era una marca rosada
como tinta de pintar!
Pensé: "¿Se podrá quitar?
¡Qué difícil de lograr!"

—No te asustes por la mancha
—rió el gato con sombrero—.
Para mí quitar la mancha
es sólo cosa de juego.

¿Y sabes cómo lo hizo?
¡CON EL TRAJE DE MAMÁ!
La bañera ya está limpia,
¡pero el traje sucio está!

Luego Sally se asomó.
¡Y el vestido pudo ver!
Y de pronto Sally y yo
no sabíamos qué hacer.
Debíamos quitar la nieve.
¡Pero el vestido…! ¡Qué horrible!
–¡Esa mancha no se quita!
–dijo Sally–. ¡Es imposible!

Reía el gato: −¡Jo, jo!
Quito la mancha enseguida.
¿Saben cómo lo hago yo?
¡De esta forma divertida!

–¡Ya ves! –rió el gato–.
No es difícil para nada.
¡Con una buena pared,
quito las manchas rosadas!
Luego vimos cómo el gato
limpió el vestido, triunfal.
El vestido quedó limpio,
pero la pared… ¡fatal!

–¡Oh, una pared con manchas!
–reía y reía el gato–.
Para quitar estas manchas,
¡no hay como un par de zapatos!

¿De quién eran los zapatos?
¡Supe enseguida de quién!
Y entonces le dije al gato:
–Lo que hiciste no está bien.
De papá son los zapatos,
¡y los manchaste también!

Pero tu papá no se enterará
—dijo el gato jaranero—.
Nunca jamás lo sabrá
—rió el gato con sombrero—.
A sus zapatos bien caros
les sacaré mucho brillo,
pues les quitaré las manchas
en la alfombra del pasillo.

–¡Mas la alfombra se ha manchado!
–grité yo–. ¿Qué va a pasar?
¡Cuántas manchas! ¡Vaya día!
¿Las podrías TÚ quitar?

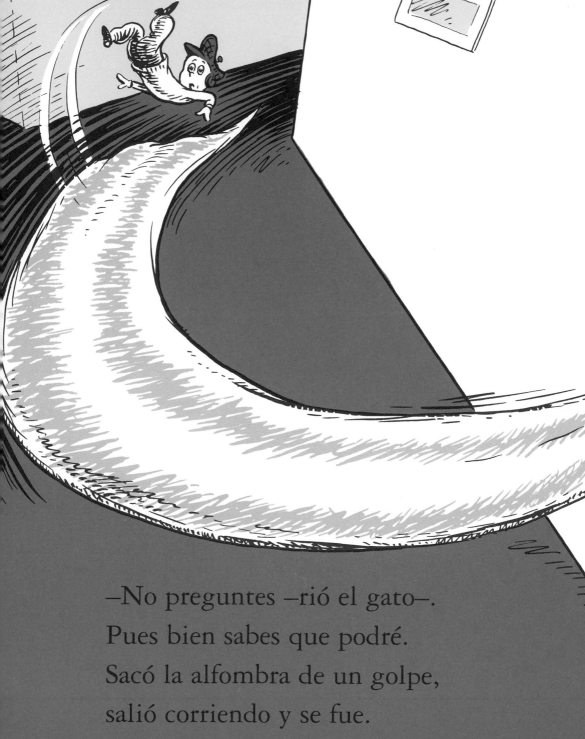

—No preguntes —rió el gato—.
Pues bien sabes que podré.
Sacó la alfombra de un golpe,
salió corriendo y se fue.

¡Puedo quitar estas manchas
antes de que cuentes cero!
Ninguna mancha es difícil
para un gato con sombrero.

Entró al cuarto de papá
y dijo con emoción:
—¡La cama de tu papá
me viene a la perfección!

¡Sacudió la alfombra!

¡Zas!

¡Y la cama se manchó!

—Dime, Gato, ¿ahora qué harás?"

¿Ahora qué harás?

—dije yo.

El gato no se movía.
Ya no estaba tan dispuesto.
—NO es una cama perfecta,
como yo lo había supuesto.
Quitar manchas de ESTA cama
será un trabajo severo.
No podría hacerlo solo
—dijo el gato con sombrero.

—Es bueno tener a alguien
que me ayude con destreza.
¡Justo aquí, en mi sombrero,
encima de mi cabeza!
¡Qué suerte es tenerlo aquí!
Está conmigo y me da
toda su ayuda, pues sí:
presento a Gatito A.

Y entonces Gatito A
se quitó SU sombrerito
y dijo: —Un buen ayudante,
pues yo también necesito.
Éste es Gatito B,
que sostengo en la cabeza.
Si yo necesito ayuda,
sale afuera con presteza.

Y entonces B agregó:
—Hace falta Gatito C aquí.
Esa mancha es demasiado
para A y para mí.
Mas ahora, pierde cuidado,
todo limpio quedará.
¡con sólo nosotros tres:
Gatitos B, C y A!

—¡Vamos todos! ¡Limpien ya!
—gritaba Gatito A—.

Quitaré esa vieja mancha
con la escoba, como ves.
Y va de la vieja cama
hacia la tele esta vez.

Y quedó limpia la tele
gracias al Gatito B.

Limpió la mancha con leche
y en un cuenco la vertió.
Y, con el ventilador,
C hacia afuera la sopló.

—¡Pero mira adónde ha ido!
—dije yo—. ¡Dónde ha caído!
Soplaron la suciedad
fuera de casa. Es verdad.
¡Pero hay manchas en la nieve!
Dejarlas ahí, ¡no deben!

—Déjanos pensar un ratito.
—dijeron los tres gatitos.

Con ayuda, triunfaremos
—dijo al fin Gatito C.
Y de repente, de su cabeza,
salió ¡POP! Gatito D.
Y luego ¡POP! ¡POP! ¡POP!
¡Salieron E, F y G!

Limpiaremos esa nieve,
¡aunque lleve todo un día!
Y si nos toma la noche,
¡seguiremos todavía!
—dijeron gatitos G, F, E, D, C, B y A
con renovada energía.

Entonces salieron corriendo,

y nosotros salimos detrás.

Y el Gran Gato se reía:

—¡Verán algo sin igual!

Mis gatos son inteligentes.

Mis gatos tienen puntería.

Mis gatos tienen pistolitas

¡que acabarán con las manchas frías!

—Pues a mí no me parece
que eso sea inteligente.
¿Quitar manchas con pistolas?
¡Suena imposible realmente!

Y le gritamos al gato:

—¡Has causado un gran revuelo!

Tus gatitos no son buenos.

Mételos en el sombrero.

—¡Guarda a tus gatitos G,
F, E, D, C, B, A
debajo de tu sombrero,
¡que desaparezcan ya!

  —¡Ay, no! —dijo el gato—.
  Hace falta más ayuda.
  Ayuda es lo que hace falta.
  De eso no me cabe duda.

Entonces Gatito G
se quitó su sombrerito:
—Aquí está Gatito H
que ayudará otro poquito.

—Gatitos H, I, J y K,
y L y M, claro está.
Pero el trabajo es muy duro.
Hacen falta muchos más.
Necesitamos a N y Ñ.
Necesitamos a O y P.
Y a Q, R, S y T,
y también a U y a V.

—¡Vamos! ¡Acaben con esas manchas!

¡Acaben con el revuelo! —dijeron todos animados.

Y saltaron sobre la nieve

con raquetas largas y bates colorados.

La pusieron en sus palas.

¡Y formaron lomas empinadas!

Figuras y bolas rosadas

y también pastillas congeladas.

¡Ay, vaya la que armaron!
Y que incluso complicaron.
Ahora todo era un reguero:
¡una gran mancha crearon!
Y el Gran Gato estaba allí,
diciendo: —¡Qué puntería!
Es lo que debían hacer.
Yo sabía que lo harían.

—Con un poco más de ayuda
todo estará terminado.
Necesitan otro gato,
Sé cuál es el indicado.

—Si miran de cerca. En mi mano,
al gatito V verán.
Y a W, X, Y y Z
en su cabeza hallarán.

–Z es demasiado chiquito.
Aunque traten, no lo verán.
¡Pero es justo ese gatito
quien la mancha quitará!

—Y aquí está Z —dijo el Gato—.
Nadie lo ve en mi dedito,
y apuesto a que no adivinan
lo que hay en SU sombrerito.

Tiene algo llamado VOOM,
un objeto alucinante.
Y apuesto a que nunca han visto
una cosa semejante.
Ese Voom agarra todo
y lo deja limpiecito.
¡Quítate el sombrero ahora!
—le gritó el Gato al Gatito—.
¡Ya quítate el sombrerito!
¡Ya limpia la nieve entera!
¡Anda, apúrate, Gatito!
¡Preparado, listo, FUERA!

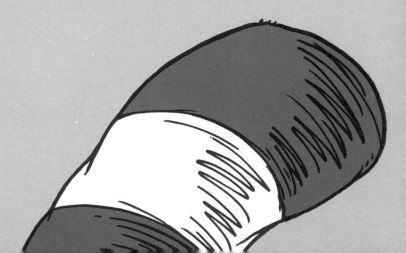

Entonces el Voom . . .
hizo un VOOM tremendo.
Y, caramba, ¡qué estruendo!

Pero a mí no me pregunten
que es un Voom, pues qué sé yo.
Pero déjenme decirles
¡toda la nieve limpió!

—Así que ya ven —rió el Gato—,
¡la nieve quedó blanquita!
¡Ya se terminó el trabajo!
¡Quedó limpia su casita!
¿Y mis gatitos? —preguntó el Gato—.
¿Saben adónde se fueron?
Pues ese Voom los sopló
de regreso a mi sombrero.
Así que si tienen manchas,
bien sea ahora o después,
me daría mucho gusto
visitarlos otra vez . . .

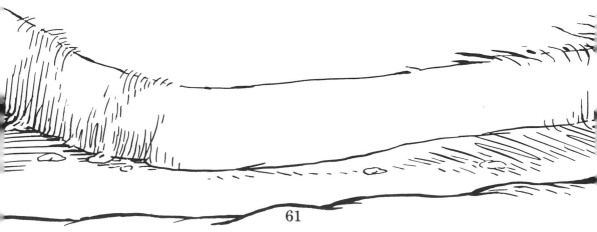

con mis gatitos A, B, C, D . . .

E, F, G . . .

H, I, J, K . . .

L, M, N, Ñ . . .

O, P, Q . .

. . . R, S, T . . .

y con Gatito U y Gatito V . . .

y con Gatitos W

X

Y

y para completar las letras,

¡también con Gatito Z!